Ésta es mi casa

Escrito e ilustrado por
Arthur Dorros

Traducido por
Sandra Marulanda Dorros

SCHOLASTIC INC.
New York   Toronto   London   Auckland   Sydney

Para Phoebe

Las diferentes casas que aparecen en este libro no son las únicas que se encuentran en los países representados. En todos los países se pueden encontrar diversos tipos de casas.

Original title: *This Is My House*

ISBN 0-590-49444-9
ISBN 0-590-29176-9 (Meets NASTA specifications)

20 19 18 17 16 15 14   40   7/0

Printed in the U.S.A.

First Scholastic Printing, April 1993

Original edition: September 1992

Ésta es mi casa

Ésta es mi casa. Mi abuelo la construyó.
Cuando pongamos un techo nuevo, la casa volverá
a resguardarnos del frío y de la humedad.

これは私の家です。

CO-rey UA ua-TASH-i-no I YEY DES

Ésta es mi casa.

JAPÓN

Las personas construyen sus casas
con lo que tienen a su alcance.
Hay casas con paredes de piedra,
de madera, de barro o de paja.

Hay casas con paredes de papel,
con paredes de hielo, e incluso
casas sobre ruedas.

Hace miles de años, se construían chozas con huesos de mamut y se cubrían con pieles de animales o con ramas y hojas.

También las cuevas eran lugares para estar a salvo y resguardarse del frío.

Bu benim evimdir.
BU BE-nim E-vim-dir
Ésta es mi casa.

Mi familia construyó nuestra casa en una cueva. Tallamos la cueva en forma de una roca alta y le hicimos ventanas. Las paredes interiores las pintamos de blanco.

Es diferente a las cuevas de hace mucho tiempo.

TURQUÍA

ESTADOS UNIDOS

This is my house.
DHIS IZ MAI JAUS
Ésta es mi casa.

Aquí es donde vivo ahora. De momento,
vivimos en nuestro coche pero nos mudaremos
a una casa tan pronto como podamos.

ARABIA SAUDITA

هـذا منزلي .

JA-za mon-ZIL-i
Ésta es mi casa.

Yo vivo en una tienda en el desierto. Las tiendas son casas móviles. Necesitamos mudarnos con frecuencia en busca de agua y comida para nuestros animales.

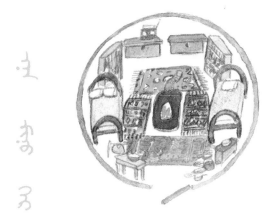

*Lo que hay
en una yurta*

EY-na MI-ni GUER
Ésta es mi casa.

Nuestra tienda en las montañas tiene una puerta.
Tendemos un piso y alfombras para protegernos del
frío suelo. Cuando nos trasladamos a otro lugar nos
llevamos nuestra tienda, llamada *yurta*.

MONGOLIA

Esta casa é minha.

ES-ta CA-za E MI-ña

Ésta es mi casa.

Mi casa está toda hecha de plantas. Donde vivimos hay muchas plantas a nuestro alrededor. Utilizamos plantas secas, llamadas paja, para cubrir el techo.

Muchas familias viven juntas en una misma casa.

BRASIL

SAMOA

O lou fale lenei.
o lo-u FAL-ei le-NEY
Ésta es mi casa.

Nuestra casa es redonda como un coco. Todos en nuestra familia ayudamos a construir nuestra casa. La hicimos sin paredes para que pudiera entrar el aire. La brisa mantiene la casa fresca durante los días calurosos.

This is my house.
DHIS IZ MOI JAIUS
Ésta es mi casa.

Nosotros utilizamos madera de los bosques para construir casas resistentes y otras edificaciones. Cortamos los troncos y unimos las maderas con clavos.

NUEVA ZELANDIA

RUSIA

Это мой дом.

ET-a MOI DOM

Ésta es mi casa.

Nosotros vivimos en una casa hecha de troncos de madera.

NUEVA GUINEA

Dispela emi haus bilang mi.
dis-PEL-a E-mi JAUS BI-long MI
Ésta es mi casa.

Nosotros vivimos en una casa construida sobre pilones de madera.

Dette er mitt hus.

DAT-te ER MIT JUS

Ésta es mi casa.

El techo de nuestra casa de madera crece
pues está cubierto de musgo y otras plantas.

NORUEGA

19

Akax utaxawa.
a-CAJ u-ta-JA-ua
Ésta es mi casa.

Yo vivo en lo alto de las montañas donde hay
pocos árboles. Nuestra casa está hecha de piedra.

BOLIVIA

EGIPTO

هـذا منزلي .

JA-za mon-ZIL-i
Ésta es mi casa.

Todos los años necesitamos agregar paja al tejado de nuestra casa de piedra. La paja se deteriora, pero la piedra no. Una edificación de piedra puede durar miles de años.

Ésta es mi casa.

Nuestra casa está hecha de barro. Está casi
terminada. Con el barro mojado hacemos ladrillos de
adobe, que ponemos a secar al sol. Rellenamos las
grietas y alisamos las paredes con más barro.

Después de un día de trabajo, visitamos a nuestra
abuela. Ella sola construyó su casa de adobe.

MÉXICO

MALÍ

Ni ye n'ka sò ye.
NI YEY ney-CA SOY YEY
Ésta es mi casa.

Cada una de estas viviendas de ladrillo forman parte de mi casa. Mis abuelos, mis padres, mis hermanos y mis hermanas tienen sus propias casas, conectadas por medio de una pared.

Mi abuelo grabó imágenes de historias en las paredes y en las puertas de nuestra casa.

Ini rumah saya.
IN-i RUM-a SAI-a
Ésta es mi casa.

En mi casa el jardín es parte de nuestra sala. Nuestra familia vive en las habitaciones alrededor del jardín. La lluvia cae en el jardín, pero el resto de la casa permanece seca. La pared de barro seco que rodea nuestra casa tiene su propio techo para que no se derrumbe.

INDONESIA

This is my house.

DHIS IZ MAI JAUS

Cada pueblo tiene su propio idioma.

Ésta es mi casa.

Nuestras casas se comunican entre sí para formar un pueblo. Muchas familias viven muy cerca unas de otras en el pueblo. Mi mejor amigo vive allá en lo alto.

PUEBLO, EEUU

Dit is mejn huis.
DIT IS MAIN JUUS
Ésta es mi casa.

Nosotros también vivimos en casas que están unidas.
Mi padre es albañil. Él usa ladrillos cocidos para
construir hileras y más hileras de casas.

HOLANDA

呢間係我間屋

NI GAN JAI IÑ'AU GAN AUK
Ésta es mi casa.

El edificio en donde vivo está hecho de cemento y acero.
En cada planta, las familias viven en un conjunto de
habitaciones que se conoce con el nombre de apartamentos.

Los trabajadores, usando andamios de bambú a una altura
de treinta pisos, están terminando otro edificio de
apartamentos. La gente que vive en los apartamentos de abajo
tiende la ropa en los andamios.

HONG KONG

HONG KONG
CONSTRUCTION

TAILANDIA

นี่คือบ้านฉัน.

NI BEN BAN CON CHUN
Ésta es mi casa.

Mi casa flota en el agua. Nos movemos en nuestra casa flotante por toda la ciudad para vender lo que pescamos. Por la noche nuestra casa nos acuna hasta dormirnos.

Las casas se pueden construir como rascacielos o sobre el agua.

La gente que no tiene casa, construye refugios de cartón o de cualquier cosa que encuentra. Una casa puede ser una pieza pequeña o un edificio alto.

Aun cuando las personas viven en un mismo sitio, sus casas pueden ser diferentes.

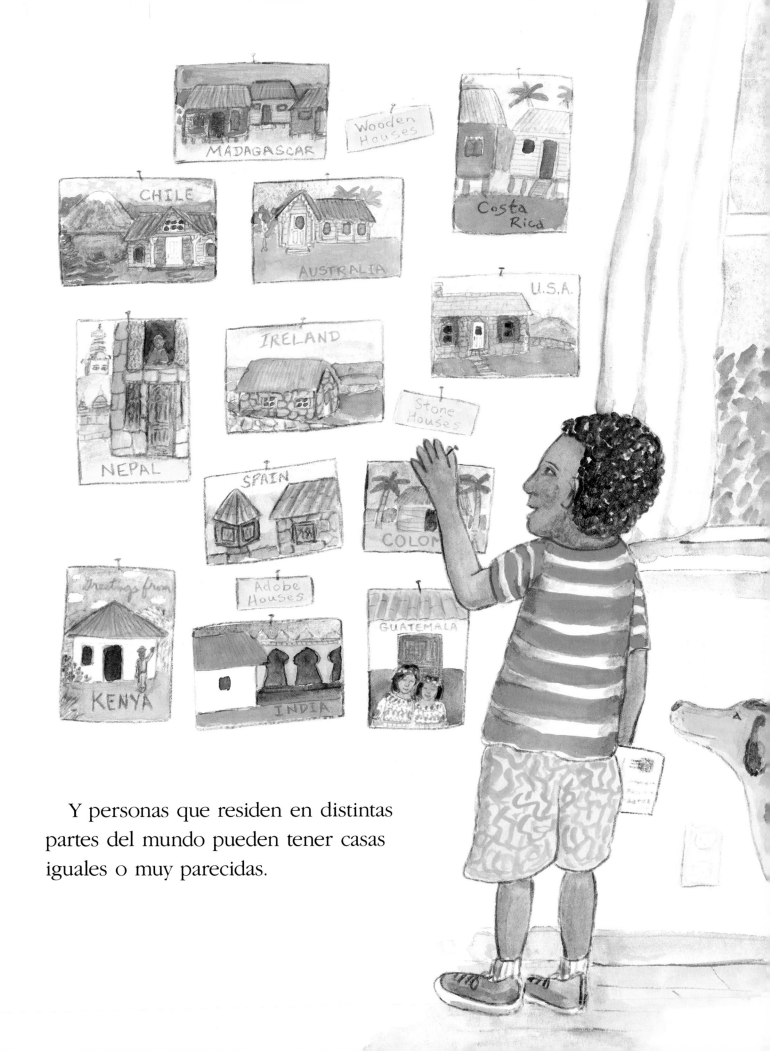

Y personas que residen en distintas partes del mundo pueden tener casas iguales o muy parecidas.

Una casa puede ser grande o pequeña, puede
estar en el campo o en la ciudad. Pero, dondequiera
que esté, son las personas que viven en ella, las
que hacen de la casa un hogar.